Guy Boulianne

Les Biflides se souviennent

Illustrations de Jérôme Bosch
Le jardin des délices (1480-1490)

Éditions Dédicaces

LES BIFLIDES SE SOUVIENNENT

Dépôt légal :
Bibliothèque et Archives Canada
Bibliothèque et Archives nationales du Québec

POUR TOUTE COMMUNICATION :

Editions Dédicaces
www.dedicaces.ca
info@dedicaces.ca

Guy Boulianne

Les Biflides se souviennent

Illustrations de Jérôme Bosch
Le jardin des délices (1480-1490)

Préface

Avant de lire « Les Biflides se souviennent », il serait peut-être préférable de lire d'abord les « Avant-propos d'un prince fou » de Guy Boulianne si l'on veut de la clarté et du sens, des vers et des verbes qui raisonnent. Car une fois sur Les Biflides se souviennent, tous les liens avec le réel seront coupés. Le non-sens sera roi. Le rêve de substituera au réel. L'imagination épousera les fantasmes les plus enfouis. Le monde finira d'être ce qu'il est vraiment pour devenir ce qu'il devrait être par la force de l'imaginaire. Hommes, plantes et animaux ne feront plus qu'un. Fusion de tous les êtres, de toutes les créatures. Le petit être deviendra grand et le grand deviendra petit. Aucune notion de temps. Aucune notion d'espace. Aucun souci de forme, ni du beau, ni de l'utile.

Il serait préférable, avais-je dit, de lire d'abord les Avant-propos d'un prince fou car on trouve déjà dans son « Cauchemar », ces choses aux formes rondes, ces animaux bizarres, ces danses d'orgie, ces couleurs de mille feux, ces fleurs et ces plantes hallucinogènes qui poussent dans l'eau et cette sensation de bien être quand on rêve, qu'on retrouvera une fois sur Les Biflides se souviennent et ses illustrations.

Illustrations qui, au lieu d'apporter un quelconque éclairage, inversent toutes les perceptions que nous avons de la vie et des choses. C'est comme si l'on voyait du mauvais côté des jumelles. Ce sont des détails tirés du célèbre tableau de Jérôme Bosch à trois panneaux « Le jardins des délices». L'auteur a choisi le panneau du centre qui représente le paradis terrestre où les animaux et les hommes vivent en harmonie. Une harmonie démoniaque, soutiennent ceux qui n'y voient que sexe, sodomie et perversion.

Guy Boulianne annonce déjà que c'est un court récit de voyage surréaliste et complètement absurde. C'est donc un monde dicté par la pensée, en l'absence de tout contrôle exercé par la raison. Les propos comme les images échappent à toute logique ou à tout sens commun. C'est là la toute puissance du rêve.

Mais comment et pourquoi lire un récit de voyage où il n'y a rien à comprendre ? Quel intérêt revêt un écrit dépourvu de tout sens de toute préoccupation esthétique ou morale.

En sachant que Guy Boulianne est à la fois poète et peintre qui a ouvert ses propres galeries d'art, qui a vécu en ermite s'entourant de ses livres, on s'approche peut-être de la réponse. Car j'imagine qu'il faut agir avec son récit de voyage de la même manière qu'avec une production picturale. C'est-à-dire qu'il faut fermer les yeux, rompre avec le monde rationnel et se laisser emporter par les images et seulement par les images que suggèrent ses vers.

Il y a effectivement de nombreuses images mais qui ressemblent parfaitement aux détails d'un gigantesque tableau, à l'image de celui de Bosch « Le jardin des délices ». Elles sont aussi dignes de ce peintre gothique du quinzième siècle. J'en ai dénombré seize. Il va sans dire que c'est un compte tout à fait subjectif puisque dans pareils cas, à chacun d'imaginer le message et la signification des images, à chacun de retrouver sa petite vallée personnelle.

- Image une : Un ivoire en pendaison. Des gens frottant la cervelle sur les caveaux de l'oubli. Des milliers de fourmis et d'araignées vont et viennent sur les pavots du Calvaire.
- Image seconde : Un lieu où les sandales mangent du riz. La vie se gave de confiture. Luxures légères. Les Biflides qui jonchent la rivière.
- Image trois : Les plafonds tombent. Au-delà le verbe il y a un trou, et ce trou, plus grand qu'une épave qui se fait belle.
- Image quatre : Les soldats au fières allures cherchent la mort au coin des rues.
- Image cinq : Le roi-écrevisse court à sa perte.
- Image six : Un troupeau de vaches qui broute l'herbe. Un ciel ombragé d'un lendemain sans futur. Les monstres…
- Image sept : Manger de nos chairs en amour.

- Image huit : Un parc où on va tous chercher la gloire. Les oiseaux perdent la tête. Un chat n'ose traverser à cause des passants. Tout respire le qui-vive d'un matin ordinaire.
- Image neuf : Un nuage et un clocher s'embrassent.
- Image dix : Colline de Jultère. Ce pays où parfois, jonction et friction ne font qu'un et qu'une pluie inonde de plongeons de miroirs.
- Image onze : La mer ensoleillée. Vaporeuses illusions cristallines. Les chats boivent de l'eau. Les oiseaux dansent. Les hirondelles scintillent aux mouvements des profondes lumières.
- Image douze : Un mouchoir des pleurs. Se voit d'un mille de distance.
- Image treize : Le rouge vif d'une bouteille en écume. Tristesse et cœurs en détresse.
- Image quatorze : Un bidon qui traverse un flipon. Des rêves crapauds sautent par-dessous les verres. Un crapaud saute par travers. Les bidons rêvent dessous les verres qui viennent.
- Image quinze : Au loin, un cri, plus fort qu'un écho. Des sons nébuleux.
- Image seize : Des lendemains ténébreux. Poisson d'or. Lieu de dérision. Des frissons.

Les Biflides se souviennent est un court récit de voyage où le pinceau et la plume se confondent comme se confondent les personnages de Bosch. Des images à regarder, des vers à lire de « l'intérieur ».

Nous avons, certes, l'habitude d'écrire noir sur blanc, mais que se passerait-il si nous écrivions blanc sur noir ?

— ABDELOUAHID BENNANI, poète

Les Biflides se souviennent

10

Il n'y avait qu'hier pour voir au-dedans de l'ivoire en pendaison. Pendant que d'autres se frottaient la cervelle sur les caveaux de l'oubli, des milliers de fourmis et d'araignées allaient et venaient sur les pavots du Calvaire.

Sensibilisation aigüe des lendemains euphoriques, longitude du bitrixe en flanc de l'arrière jusqu'à en perdre les pédales. D'où irons-nous boire de cette eau pour apaiser cette faim qui nous assaille ?

Je le dis, ces lendemains sont ténébreux pour ces âmes qui se cherchent.

12

Qu'au devenir nous allions plus loin, vers ces lieux où les sandales mangent du riz, nous pourrions voguer sans cesse aux côtés des luxures légères.

Promptitude inachevée qui fait que la vie sans cesse se gave de confiture, il faudrait changer les moeurs du sapho-bidon pour entreprendre les danses infinies de la gloire abusée.

Cri mince de jouflure de bétonnière, les Biflides qui jonchent la rivière se souviennent du jadis.

14

Croiriez-vous qu'au-delà les rivières les souvenirs sont lâches et sans raison ? Dormirions-nous sans savoir que le prix de la pêche se vaut des mots de ventre ? Non, car si la gamme des savoirs en décomposition s'additionne au manque de savoir-mort, la lâcheté, pire que la nonchalence, se fait lucide.

- *"Trisla de couvé di flo draquart, la fli da bondé sla bidou décla fontaine"*.

Le rire du tri clame le bon et si d'un coup les plafonds tombent et laissent les rideaux sans crochet ni savon, c'est qu'il y a erreur. Je dis qu'au-delà le verbe il y a un trou, et ce trou, plus grand qu'une épave qui se fait belle, se gambade à n'en plus savoir où se trouver.

16

Si jamais vous voyez le trou, sachez qu'il ne faut point l'interrompre, mais plutôt le flatter dans le sens des babines. S'il y a erreur, c'est qu'il fait bon.

* * *

Les soldats aux fières allures cherchent la mort au coin des rues, comme un fou dans sa cellule, comme un chien court après sa queue.

* * *

Transpiration aux fluides acides, couvrant de sa peau de pubères étincelles, les rires en éclats jusqu'aux larmes en accoudoir, allons dans la danse manger nos manteaux.

18

Les fluides se font rares en nuit de jour.

Gambadant sa carcasse, le roi-écrevisse court à sa perte (il en faut peu pour nourrir les poissons). Ventricule disloquée d'un rêve aboli, usurpateur en divergences de contexte. Les Biflides se souviennent.

- *"Les dédains d'une chanson dans les champs sont dingues"*.

Quoi de plus romanesque qu'un troupeau de vaches qui broute l'herbe ? Quoi de plus pur qu'un ciel ombragé d'un lendemain sans futur ? Croiriez-vous aux monstres s'ils n'existaient pas? Ils sont là, autour de vous, mais vous ne les voyez pas.

20

- *"Clan bien même de trémine flimousse de coton, les Ripèdes de Clodure s'en vont en guerre.*
Slipède de ventricule disloquée de didème voguait tran cesse climène slibidou. Blitra voglure ripon clitaline mitra. Casla bitrixe Climebi, la fli de sli ramène le flotin vers de lacla de cli bitude.
Blitra tremens".

Les Biflides se souviennent : comme s'il fallait des culottes pour porter des morts.

* * *

Cramponons-nous d'avoir bien mangé de nos chairs en amour.

22

Dans le parc où nous allions tous en ronde chercher la gloire, les savantes mixtures se plaisaient à battre des ailes. Le mignon va-bon-ton se faisait croître selon la recette de mère nature en pirogue. Les oiseaux perdaient la tête. Plume un chat n'osait traverser ces omni-présents qu'étaient les passants. Tout allait bon train. Tout respirait le qui-vive d'un matin ordinaire.

Plus loin, vers les tendances à fuir la routine, je voyais un nuage et un clocher s'embrasser le long d'une lèvre. C'était délicieux de superbe vision. Éclatement immédiat sans retour possible vers la terre ferme.

24

Misère de volubile grison, volontaire globule qui se vautre million, descend toujours en des draps de dragon.

(Regardez vous aussi, avant que l'heure n'avance qu'à un pas de plus pour vous endormir).

Heureusement pour nous, les jonctions entre les voûtes du destin nous ramènent toujours entre celles de demain. Voilà qu'ainsi nous puissions nager dans les vases sulfureux de la mer qui se perd.

26

Je dis à mon ami qu'à ce rythme je pouvais, non sans lourdeur à l'épaule droite, supporter tous les tracas que contractait le monceau en colline de Jultère. Ce pays où parfois, jonction et friction ne font qu'un et qu'une pluie inonde de plongeons de miroirs.

Jubilation trépidante qui en vaut la peine, je voyage dans de parfaites évidences. L'harmonie des couleurs se juxtapose à la justesse musicale de ces notes en flottaison.

La distance entre l'utltérieure passion déchirante et le va-bon-train de la mer ensolleillée, nous rapelle toujours qu'il faut savoir nager pour ne pas se perdre dans les vaporeuses illusions cristallines. Les chats boivent de l'eau, les oiseaux dansent sur la musique des va-nu-pieds, les hirondelles, pires que des bougeoirs, scintillent aux mouvements des profondes lumières.

Mon ami qui me regardait d'un oeil hagard, me dit :

- "Croirions-nous aux scintillements des lumières s'il n'y en avait point ? Ni n'avions qu'un pas à faire pour se croire des oiseaux. Nager ainsi vaut bien mille mots et me foutre à l'eau, j'en ai bien peur. Sortirons-nous de ces vaporeuses illusions ? Crois-tu ?"

30

Hébété, le silence fut acquis.

De ma poche je sortis le mouchoir de mes pleurs en entonnoir, le fit voir à plus d'un mille de distance, mais qui-vive ne me répondit. Pris d'assaut par une nuée de lassitude, je me laissai flotter entre deux eaux. Quelle paresseuse cargaison que moi-même flottant entre ces eaux !

Évidemment, il ne faut pas se laisser leurrer, le rouge vif de la bouteille en écume ne nous apportera pas consolation. La torpeur est plus grande que la noirceur et le dédain d'une chanson ne peut qu'apporter tristesse à nos coeurs en détresse. Évidemment.

Reflets de miroirs, qu'attendez-vous pour manifester votre gloire ?

Qu'un bidon vienne travers de flipon où les rêves crapauds sautent par dessous les verres ou encore qu'un crapaud saute par travers le flipon où les bidons rêvent dessous les verres qui viennent.

Soyez lucides !

Chancelante réflexion microbienne franc tactile, incessante jubilation d'un rêve non garni, épiderme en manque de flanc jusqu'au cou, allez donc savoir, voyageurs téméraires !

34

Il nous fallait encore bien plus de mal pour sortir de nos gonds les fabuleuses Thimothées au rang des quatre sans nous laisser aveugler par ces entourloupettes de dames en coeur.

Au loin, un cri sans allure nous parvint plus fort qu'un écho. Nous entendîmes des sons nébuleux. Serait-ce donc fort possible qu'au-delà de nos têtes, il y ait décanalisation du réseau de compréhension ? Pourrait-il y avoir autre vie que la nôtre flottant par-ci, par-là à travers les vagues de la mer insouciante ? Pourrais-je enfin voir de mes yeux ces oublis qui furent les nôtres?

Espoirs de demain, nous voilà tendant nos mains. Grisaille épanouie jusqu'à en rire éparpillé.

Mais voilà qu'à l'aube de nos mains, nous fûmes surpris en plein délire. Mon ami qui n'avait jamais vogué plus loin qu'un poil de barbe dans une soupe, cria si fort que je ne pus me contenir:

- *"Les lendemains sont ténébreux, plus rien qui ne vaille les poissons d'or, puissions-nous nous rendre en ces lieux de dérision, qu'à jamais nous reposions notre tête en cavale. Oh que de frissons ! Le temps est long pour nous de voir le flotin jusqu'aux os".*

Mon ami répliqua avec juste valeur :

- *"Enfin, Trima ne pourra plus nous rejoindre !"*

J'acquiescai.